女兒

零雨——著

獻給　母親

目錄

1

東海岸

粉藍綠藍黃藍紫藍靛藍亮藍墨藍淺藍深藍湛藍蔚藍
雙溪藍福隆藍龜山島藍太平洋藍靜浦藍浮世藍悲喜藍
願望正在行走之藍……

九十九種藍

沿著海邊

窗戶

進進出出
我心中的調色盤

我的名字叫海

1. 巴士

一輛巴士
沿著海邊漁村繞路
巴士空蕩蕩，舊得
如要解體
他上去了，變成
空蕩蕩的其中一員

一會兒，像是朝著大海開去
又像是停靠，在誰家的前院

他的心和巴士
都在霧中
灰灰的，黃昏在行駛——
總有一個站，讓他停下來

——漁村的某一簇燈光
他先繞過黑暗
再站到光中
那黑和光，交錯投射
在他身上

他走過那些交錯
有點緩慢
但是足夠強大，讓他停在
一戶人家的前面

2. 今晚睡不著

我覺得我好像
來過這裡
他向投宿的主人
說著

又像是對著木窗
框住的大海

他把背包放在床邊
打開並取出睡衣
梳子、毛巾、牙刷

他知道今晚睡不著
取出筆放在矮几上
筆記本放在旁邊

可能會寫幾個字
他知道今晚睡不著
不用再努力了

——海也沒睡

那時他們見識過海
一起在海邊
打排球，追逐
看落日

今天他只想單純看海
就這樣
就他一個人

「我帶領的那一群人
今晚就投宿在心的裡面。」

他向投宿的主人

自言自語說著

3. 我的名字

你家幾個人？
我們全家都來到

就你一個人？
唉真沒幽默感
這民宿的主人——

時代把我們訓練成
游牧民族
身上帶著所有家當

從這一村到那一村
都在電腦中完成

我把電腦留在家裡
我從電腦中出走

跟隨的人都在途中
失散
所有哀悼、喜樂也一件
一件跟丟

到你的民宿面前
我變成陌生的另一個人

一切重頭開始

你是民宿的主人
請問你的大名

我的名字叫海

4. 無法辨認

我準備在你開門
進來的時候
就親吻你

你的手臂流動
攬住我的腰
就出現一個大家族

被禁錮在地圖
某一個黑點
禮儀，習俗，都是陰性的
等待一個神，前來完成

然後他離開，腳踏海浪
到另一個黑點
帶著另一種腔調的方言

這個海岸，岩石雄偉
你說，那是他留下的禮物

我看著照片，發現
你和他就像

同卵雙胞胎
親吻我的時候
我無法辨認

5.
淪落

海，我封你為王，封你為后
我封你為侍衛，守護我舊日的疆土

逐日遠去的波浪，像極了
我的婚紗，我的禮服
我的襁褓，我的壽衣

一層一層推翻——衝上前去，又被

罷黜。一個古老的命題
在海中——所有的舊日
都不算數

（——那裡，沒有時間——）

——他如此龐大，我的詔書
遭逢四十晝夜的雷雨，九天玄女的旱魃
在回收途中，又淪落人世
字跡漫漶——。

6. 岩石

每日都如此——
眼睛　耳朵

在長長地散步
一條街道
牽著黃昏和霧
前往海濱

啊這些年少的——
岩石終於
定居下來

我，從另一面
靠近，攜帶一個永遠的舊包袱
（——海水每天拍打它
永不平靜的內在）

他說他們會雕刻
十字形的
沙漏

以致岩石
把功課藏在更裡面

要住久一點
才會發現
他總是這麼說

7. 外省

這裡沒有外省

這裡的外省就是海洋
他們說那是內陸
那是流經內陸的河
彎彎曲曲，磕磕絆絆，對準了
海洋的方向

那些浪尖上的悲喜
打一個漩渦
又沉入水中

時不時的
在空中展演
一種生活的動盪

（——有沒有可能
在更廣大的胸襟中
彼此消融）

而我的眼睛
與眼睛移動的焦點

——那海浪與海浪
相互的拒斥與擁抱

8. 帆

所有被棄的河流，從時間中逆行
都匯集在這裡

所有新生的河流，揚起它的小手臂
它純白的嘴

還有那些被吞滅，被衝散的
被割裂，被褒貶的
今日都一一復活

我將在此佇立
看眾流洶湧奔赴的壯觀

關於海，曾經如此被定義
被科學，專業對待
最後，只能無力地，以一個字
為它命名

我找回原來的那對眼睛
那雙腳
被一條小小支流送到
這情節豐富的海岸

告訴你
（——我將用一則不經意的簡訊
告知）

我就此定居

我的帆
（——輕如鴻毛）
即將升起

9. 我想和你和好

這是我旅行的中途
我的身體怪石嶙峋

沿著海邊
不停散落

在那部黑雲到來之前
我就要抵達港口
——我剛剛復活
成為海水的一部分

我想我說了
他們不懂的話
——我想和你和好

我聽到了昨夜
十分鐘外的旅店
對你說的話

我說我想把你納入
經典中的一行

我經典中
甲骨文的一行

不須時間解讀——
不須辛勤的考古隊——
我把你放在每日
黃昏散步的海邊
和幾隻白鳥
用手和喙，或翅膀
摩挲或雕刻
新的甲骨文
——我們共同的功課

女兒

女兒W

啊這些女兒
發明了二十世紀的波浪

她們泅泳的姿態各異
有的口吐白沫，有的四腳朝天。但都不死
波浪前仆後繼

海面遼闊，足以安置她們的頭顱以及其他

有的島因而成立
有的大陸因而綿延

自然——派來它的使者
把女兒的事蹟，隨波逐流

波浪載著月亮般的女兒
載著太陽般的女兒
去到二十一世紀

去到更遠——

女兒F——悼M

她弓身躺在海面上

沒有她喜歡的東西令她醒來
（身體這麼強悍在海上漂流——）

風的帆像門口的窗帘
把世界隔開，又帶來訊息

當它傾斜——
帶來鳥叫，人的氣味
帶來六月的蟬鳴
十字教堂的鐘聲準時在禮拜日響起
她會咳嗽，打噴嚏，眼角滲出海水
身子繼續彎曲
像弓箭，再緊繃一些

（身體這麼強悍在海上漂流——）

他們說，這裡是太平洋（——沒有太平）
這裡是黑海（——黑白不分）
這裡是死海（——她總是不死）

她沒有死。但人們把她下葬
用弓著的身體
用海水的灰衣服

沒有她喜歡的東西令她醒來

女兒R

這裡就是我的安身立命之所了
為什麼還不覺悟

這個廚房鍋鏟
這個書架書桌
這個自己的房間
火藥庫兵工廠

從二十世紀走到二十一世紀
一條戰爭的路

所有都完成了如此而已

女兒H

我們做女兒的就都閉緊嘴巴
讓男人去處理

你諄諄告誡，用這種箴言
教導我

你的婚姻令人羨慕
房子車子兒子一應俱全

但你為什麼憂鬱
醫生說（——他是個男的）
你晚上失眠耳朵暈眩間歇性的
頭痛不時來襲

——我也不知道原因就由醫生用藥

（——他是個男的）

醫生說

最重的藥都用了現在

你什麼也不需要只需要海

女兒 X

我在海邊唸誦金剛經

應無所住而生其心

我唸誦給她（——他們說這是迴向）

她被男人打敗，臥床三年
或三十年
（——但他們蒙面
都站立床邊）

換了七個看護，但是——

一生的疾病還是被發明出來
——糖尿病、高血壓、憂鬱症、呼吸道感染
骨折、褥瘡、肌無力、白內障
醫生搬出所有道具
——鼻胃管、導尿管、氧氣筒、注射筒、插管、氣切
她一次一次被挽救，被打扮成太空戰士
——嘴巴緊閉，一隻眼睛獨自張開

不想看太清楚？我說
我想帶你（——去看海）
在海邊
你可以呼吸最後一口氣

但我身為女人，我的嘴巴緊閉
（——來自於你的教導）

只能假借金剛經（——他們不知我在說什麼）
如此以心傳心——
微妙甚深的祕密法門

女兒S

「我把蚊帳打幾個結
睡覺時掛起來。」

睡覺為什麼要這麼費事
掛蚊帳，鎖三道門
再用椅子擋起來

因為這個不放心
對人世的不放心

你呼喚的神總是沒有來
他們說就在你的心裡

你製造了一個虛幻之物
要將它變化為真

因為既真又虛幻
所以祂不會出現

一切唯心
他們要你在心上下功夫

於是你就在海邊久久地閱讀
久久地走路，以為海和心一樣

笑罵由人笑罵不由人
這樣的辯證

女兒M

你和我一起建造的那座房子
已經毀壞了

邊角漏水
牆壁傾頹

電不來了
玻璃破損

殘留的家具鍋碗瓢盆
棄置在地上

我們無力再一起建造

另個房子了

我只能自己建立一個獨自的自己
我只能自己一個人在另一個地方建立一個他鄉

而你，也建立了一個自己的他鄉——
在那個設備新穎的醫院
床上你建立了一個
自己的房間

女兒T

你攙扶著我，另一個女兒
我們在男人中行走，彎彎曲曲，磕磕絆絆
他們只留下了這樣的縫隙給我們

有時被追趕被阻擋
被大聲恐嚇——有一刻我們真的
膽怯了
我們攔到一輛計程車
衝出重圍

但他們把我們送到派出所
兩個男人迎出來。他們在理論

我們可以走了嗎
你們被放逐了

那麼再見我們
自由了

女兒L

他們為什麼這樣對你
因為你是女兒

你還記得那些半夜的騷擾那些
幼時的侵犯你以為這只是夢只是一個不
解事的噩夢你記得這些黑影

你們一起在塗鴉塗著色彩斑斕的幸福家庭但那
黑色你最後才拿出來勾勒好邊邊角角整張
圖才算完整了後來黑色就變成了你的顏色他們
說那是風格

因為你是女兒你就形成了風格從二十世紀
到二十一世紀女兒就開始形成了風格因為你
把黑色拿出來了黑色從海的最深處（——再深一點）
底層冶煉出來的黑色

風格

女兒K

我們以為他們會幫你代言
不要期待了
他們只是偶爾扮演女人
我們終必學習用自己的話

一句一句練習
說出來

像牙牙學語的小孩
破碎、斷裂、含糊不清
讓人聽不懂
又何妨

我們自己先聽自己的

寶貝，靜謐地，來海這裡
用海的蚊帳
海的枕頭。被褥
靜謐地

聽海的搖籃曲
甜甜的
餵給你

2

然後，然後——

黑暗的樓梯。我好喜歡
那個黑暗。樓梯。通往大稻埕
繁華的宅邸

樓下擺滿宴席。我們在二樓
圓形廊柱間奔跑，一同指指點點
下面的客人，帶來歡樂、富貴氣象
僕役穿梭著，端出熱菜、湯圓、甜品
以及一些平時難得一見的精緻食物——

不是婚禮。該是因為戰後承平歲月
多出來的一份閒情。例如
一些節慶的藉口，或者輪流作東的
兄弟會。孩子們完全不理會這些

不明白戰爭（是什麼）。酬酢（是什麼）
節慶（是什麼）。只是高興。高興這麼多人
像為一齣大戲而演出。盛妝打扮。合宜的
禮貌。酒不停供應。食物從廚房無止盡出現

我們喜歡。從一樓掙脫大人的叫喊，跑上二樓
俯瞰樓下的鬧熱，然後繞著內室的露台，再跑上
三樓。在那裡我們停下來。
我們看到那個黑暗的樓梯。
暗得好像藏了更多的熱鬧——

母親和姑婆，還有癡傻姑，她們在黑暗階梯上
坐著。說著小聲小聲的話
然後姑婆會流下眼淚，癡傻姑則愣愣笑著。然後
我們會迅速變安靜。偷偷坐一會兒。沒讓母親發現
然後我們假意躡手躡腳，又跳回樓下，不知誰帶頭爆笑開來
然後又在宴席中跑著追著。快速忘掉那個黑暗的樓梯

不久，姑婆和母親會出現
她們重新補妝，頭上插著紅花，再配上珍珠項鍊
笑容燦爛。滿座的人都笑容燦爛

然後，然後，誰還會留在那個黑暗的樓梯

我人瑞的母親

「你為什麼不吃東西？」
她默然不語
「你為什麼不說話？」
她微微一笑
「你為什麼只是笑？」
她動了動嘴巴
我說，「你還好吧？」

她突然打開嘴巴

我看到一個窟窿的
黑暗入口，牙齒零落
散亂，舌頭被什麼咬嚙而
血跡斑斑

在我昏厥之前
我似乎聽到我人瑞的母親
說，「我活太久了啊！」

然後我似乎聽到一種笑聲
像哭一樣
向遠方延伸

一座淘過金的城市

調換

她的胃已經不能裝我
給她的食物

她的胃必須裝藥
裝她不愛的人

因此她的靈魂也轉換
成為她所厭惡的人

我是因此而開始認識

身體的

黃昏的湛藍
天空背後怒放的灰雲
也和身體有關

不可避免的顫慄
雷聲和閃電
也和身體有關

這個世界
所有的身體互相堆疊
咬噬、消化、愛、不愛
我是你的。你是我的
腸子互換。心互換。所謂厭惡

也可以互換

請注意一下
時間的問題
——我總是忽略了

時間
將把所有的一切
再調換過來

白色

她離開久困的床上
據說，變成一個白衣女子
在房間裡巡視

她看到她穿著醫院的制服
鼻子黏著鼻胃管
尿道接著通尿管

一天六餐
一餐一百C. C.

兩小時翻背一次
有時外勞忘了——她疲憊得
打盹

屁股上頭先是瘀青
然後裂開，變成褥瘡

她想說話
但她變成白色——
只好繞著房間，尋找一個代言人
她找到了

在她床邊
再過去一點
——跳過下午的陽光

暗色的矮櫃上
有一個鬧鐘
一個相框

她鑽進裡面
露出年輕的笑容
三十八九歲的樣子

那一年夏天她穿著
一件白色合身的洋裝
剛做完頭髮
（——那髮香還在）

她和她的所愛出遊

一生

前半生
她被所愛環繞
兒子　丈夫　存款　房子　金項鍊
漂亮帽子　日本進口服裝
媳婦

後半生
她被不愛所環繞

63．一生

兒子　丈夫　存款　房子　金項鍊
漂亮帽子　日本進口服裝
媳婦　輪椅　外勞　憂鬱　厭食　失語　褥瘡

無望

無望躺在床上
我坐兩小時的巴士
去看她
我幫她整理一下

把頭扶正
按摩頭部的穴道
太陽穴，百會穴，這些
都是重要的穴道

按摩肩頸背部
這裡有任脈督脈
負責全身的血液循環

還有一條脊柱
支撐全身的力氣

前面心臟的部位
也要細細按壓
把溫暖輸送給她

到了手部，按壓之餘
還要和她十指相扣
一起做抬手運動

讓她知道
這世界有另一隻手
在幫她

接下來，要跳過屁股的褥瘡
那些傷疤
顯示意義——
一開始沒處理好
就很難收拾

沒關係，就跳過——
不要膠著在困難的地方

把足部好好拍一拍
增強肌力

傳達力量給她

這時無望躺在床上
有一點不同
有珍珠慢慢，從眼睛
跑出來

我也有一點不同
我的身體熱呼呼的
我的珍珠出現在每一個毛孔裡

木頭人

一、二、三木頭人
我和我的小時候
玩著這個遊戲

一、二、三木頭人
我的母親——我和她玩
她躺在床上

我和瓦蒂一起扶她，坐起來
躺下來，翻身

和她說話
她不回答
也不點頭搖頭

還好眼睛會動，會看我
一、二、三木頭人
這個遊戲回來了
我和我的小時候

縫

縫一件衣服給我媽媽
我想要遮蔽這個身體
縫一個身體給我媽媽
我想要遮蔽這個心臟
縫一個心臟給我媽媽
我想要留住你

怎麼我

醫生
怎麼我的淚不往外流
只往內流

喉嚨通暢
卻不想說話

時時想起古代的洞穴
那微弱的火光
照在臉上

洞穴溫暖
黑暗
人像動物蜷曲著
一點點食物
撫慰空洞的胃
老了就獨自
到風雪的危崖
雪一樣
滲入泥土
怎麼我總是想到風雪邊的

那棵樹

會不會因為我的身體
而得到滋養

人類的歸宿
是醫院的病床
還是自家的臥房

怎麼我總是想到
林中的麋鹿
綠色的眼睛望著我
總共四隻

緩緩躍過我的身體

消失在愈來愈黑的
林莽中，我看到牠
最後一躍的優美

醫生，牠去哪裡
怎麼我總是想知道

取名字

他們為我們的器官
取了一些名字

承平的時候叫做肺
戰爭的時候叫做衰竭

承平的時候叫做
心　肝　腸　胃
戰爭的時候叫做
栓塞　硬化　潰瘍　感染　膿腫

我們的身體
像一座城池

敵人來時
護城河上的索橋
起降自如　保護皇上
和他的寵妃弄臣禁軍

在王畿之地的精華地段
依然能自由運作他的王權

然而，這些史家
一定要把王朝的覆滅
弄個水落石出

他可能被近侍聯合某大臣
或御醫用一帖祕藥

也可能被寵妃聯合外戚兄弟
用巫蠱咒語針刺

或者，他自身昏聵風眩
無法親理朝政，讓身邊的人
借去了御筆

總之，極少是死於
鬼哭神號、朕躬親臨的世紀戰役
或以肉身貼近相搏的孤獨戰場

（——他不明白，孤獨是——
沒有敵人的戰場）

那應該叫什麼
他們對此就不著墨了

語言
——致M

我和你——兩個
孤兒

兩代的微笑
被打碎

你守著十字形的窗框
我走出家門

都遭逢命運——

包裹著臉巾的那個刺客
埋伏的短刀

你躺臥床上
沒有言語

我在藏匿的海邊
換了一個名字
在流離的居所中
把語言收回

那該是——
愈來愈看不清楚的星圖——
從窗戶望出去
或從海邊

再也找不到的
彼此

相片

她們三個人坐在那裡
難得的相聚，她們坐在餐廳的沙發上
我想拍一張照

「我不會死。」她剛從療養院請假出來
她的兩個兒子開車去接她

吃得好不好？不好。
幾個人一個房間？五個人。
「我不能講話了。你看我的牙齒都沒了。」

我要她把嘴張開。
「我的牙齒掉下來，所以我不能講話。」
我要她把嘴張開。
有兩排假牙。

「我三十年沒睡覺。」
很痛苦喔。非常痛苦。
「可是我不會死。」

她這一次頭髮剪得很短
右邊的眼睛怪怪的，變小了
外勞把她從大哥家接出來
你早上吃什麼？吃稀飯。
稀飯很容易消化，現在為什麼吃不下？

「她早上吃完又睡覺。」瓦蒂補充
認得我嗎？點點頭
認得明宗嗎？點點頭
認得承宗嗎？點點頭

我替她按摩。
從頭按起。先點太陽穴
耳穴　再下到肩膀　腋下
脊椎　臀部　腿　腳
舒服嗎？點點頭

不久她又陷入沉思，嘴唇突出
好像在孤獨的星球上
離地球十億八千里

她由妹婿帶來
妹婿脊椎 S 型，比以前矮了很多
你頭痛好了嗎？好很多了。
現在呢？現在換耳朵。
耳朵怎麼了？好像有三隻耳朵。
一隻聲音正常，一隻大聲，一隻小聲。
睡覺呢？很差。醫生用最重的藥也沒用。

她們三個人坐在那裡
我想拍一張照

她們三個人僵硬地坐在那裡
她們三個人加起來的兩百年都僵硬地
坐在那裡

像三顆星球
三顆被殞石撞過的星球
於是我們就不說什麼了
就照了一張相

同樣的

姊姊躺在醫院裡
她躺的姿勢和母親
一模一樣

我摩娑她的頭髮
她的手心，手背，胸部
像摩娑兩份人體

我問她今天有沒有好一點
也是一模一樣

同樣，都沒有回答

同樣的眼神，同樣的
兩個骨架，同樣的鼻胃管
手背上的針筒

同樣，我的自言自語，不斷的
自言自語，像一個背著底稿的
說書人，只能自言自語
消除這裡的寂靜

（想必
奧祕，在那裡面——）

我離開醫院，同樣的

情緒澎湃，同樣的
質問造物主——我總是
不斷質問，不斷和祂說話
同樣的，流下眼淚
——同樣的，沒有回答

我流眼淚，同樣的，惶惶然
回到家中，回到每天的書寫，同樣的
書寫，同樣的，沒有回答

（想必
奧祕，在那裡面——）

房間一種

母親出現我的房間說
我的骨頭斷了你要撥給我一張輪椅
和一個外勞

我的兄弟占據客廳互相嘴裡不爽
不久也就比起腕力腳力媳婦們
也就在一旁助陣互相瞪眼

我的姊姊坐在沙發上自言自語我
是個機器人不吃不喝也不會死我

要你給我錢

我的妹妹捂著頭說痛而且耳朵進了沙子
擔心她的兒女們聽不到她的叫喚

B 在電話裡說我割了一個乳房一個子宮
還要繼續做化療 T 的伊媚兒說夢見她死去
的爸爸找不到地獄的路得了恐慌症只好回家

我的姪兒在樓下燒烤一天烤五百串羊三百串
豬六百串牛還有嘴巴裡不斷燒烤著五千串的歡迎光臨

顧客們一波一波湧向他湧向門口湧向街口
手燒著腳烤著嘴巴燒烤著他們不斷說燒烤燒烤
燒烤是唯一生存的理由

這個房間愈蓋愈大我穿過公寓高樓
十字路口跳上一輛火車
火車燒烤燒烤快速燒烤著每一個經過的房間
我愛你們我對後面的人說但我必須到前面去
前面有一個房間在火車（——燒烤燒烤）的前面
的前面

新的舊的

「我有了新的兄弟姊妹。」
「你的眼淚為什麼流出來。」
「你將會問我舊的兄弟姊妹。」
「你的眼淚為什麼又流出來。」
「眼淚是舊的兄弟姊妹，也是新的兄弟姊妹。
可以回答一切為什麼。」

那不是

醫生，我的胃裡充滿了水
像海洋的浪，衝擊我的胃壁
往上延伸，沿著氣管，食道，到十字路口的咽喉
右轉，最後到達我的右耳，發出轟鳴，像打鼓一樣

「那不是水，是你的眼淚——」

我的眼淚，在胃裡，形成一個龐大的族群
從早上起床，到浴室，到餐廳，到出門
到經過十字路口的馬路

他們跟著我，左轉，到我的童年，繼續經過青年路
中年大道，最後到達我的右耳，發出轟鳴

「那不是你的眼淚，是你的恐懼——」

我的恐懼，在胃裡，每天騷動，變成頑強的細胞
形成我的基因
我和恐懼一起照鏡子，把它放在盆栽裡，澆灌
放入糙米飯，菜餚，果汁之中
和它打鬥，嘔氣，憂愁，我和它似乎擁有許多
快樂的時光

「你要進入恐懼之中——」

醫生，我未曾看清它的長相

我一路奔跑，從胃的那一頭，到達某個臟器，稍作停留
又跑到另一頭
我一路失落，失去親人，朋友，身體
我的臟器空隙愈來愈大，我的恐懼領地愈來愈多
我找過佛陀，基督，克里希那穆提，珍．羅伯特
但他們停留在頭頂，沒有進入胃中
我的耳朵依舊發出轟鳴

「不要抗拒，進入恐懼之中——」

是的，醫生——我的人生，我明白了，只剩下恐懼，那是我
存在的證明。是的，醫生
我一步一步接近它，試著接近它
那將使我變得強大——
我不能再失去它了。

以後

我想提醒你
四十歲以後一年像一個月那麼快
倏忽之間就到了五十
五十歲以後一年像一天那麼快
倏忽之間就到了六十

六十以後——
我知道你還是不了解人生

但是七十來了
你和姊妹淘兄弟淘
只好喝茶，喝咖啡，打牌
學佛，養生，或做志工
繼續參加旅遊團，變成不老騎士
你還是不了解人生

八十以後，你突然快速長大
變老，你了解了
這就是人生

每個家庭都有

每個家庭都有一個病人、凶手、惡棍
天使、先知

或許各有一個，或許三個
或許三分之一個
全看他們是否老實調查

捫心自問時
每個人都自詡為天使、先知

但天使的翅膀變化為棍子
棍子變化為刀子
刀子變化為先知
所有家人的行為就會改變

舊式的大家庭中
這樣的物理循環
像一本動態的教科書
歷歷在目，發人深省

現在的小家庭，根據
質量不滅定律
它們依然存在
只是變得抽象一些

若把個人獨立出來
取樣調查
則更神祕莫測了

用X光、核磁共振
或超音波、心電圖
都難以分辨他哪部分
是天使、先知，哪部分
是凶手、惡棍

再加上他延伸的配備
手機、iphone、ipad
隨意組合，任意調配
可調出善業無數，惡行多端

——古人難以企及，將呼他為神靈
為天方夜譚

他乃是一個舊人類家庭無法取樣
人類歷史教科書無法想像
自體拼接出來的新人類
——他所向披靡，變化萬千

所有舊人類家庭
密切注意了

缽

早上，我把詩端來，吃下三碗飯
晚上，我放入痰、咳嗽、洗澡水、憂鬱

這是我和M不同的地方
她忠於一種家族的遺傳，把整個缽接下
吞入所有的辛酸

在家屋的特殊角落（——祭壇）
恭恭敬敬，戰戰兢兢

我也接收了一半，最多一半
——況且，我用不同的鉢
況且，我不聽話

我捧著那鉢走出去。沒等他們的命令
我已上路

啊灰色廟宇的旅途
迢遙且孤單
——只能如此，以自己
炮製的語詞為樂

且等著我啊，塗上別樣顏色

和囚犯說話

我學到一項技術
將和囚犯說話

我穿透牆壁
看到那個人
困在床上

我將利用一束光
在他的心上打字

黑底白字
三十二開大小
新細明十二號字體

五月的第二個禮拜天
八月八日
或其他有儀式的節日

我將進行這項技術實驗
開發孩童
無限潛能

我將因此而變成孩童
而獲得獎勵

「你創造你自己的實相」
我這樣努力寫著
一頁一頁練習

我的老師曾經這樣努力
把光打給我
穿透牆壁——

那裂縫你看到了
就是這樣

夢

我的形體裡，裝著他們——
我的父親，母親，祖父，祖母，曾祖父，曾祖母
現在，不知到了哪裡

澳洲，美洲，非洲，還是伊拉克，馬達加斯加

依著宇宙的安排，他們的形體改變，並且
迅速遺忘過往，變成另一個不認識的人

我的形體裡，總裝著他們——

（——我所認識的他們）
越來越清晰，越裝越多

一個記憶又一個記憶，相加，相乘
變成一個又一個龐大的記憶群組
互相連線、交錯、提醒、呼喚
總不停止

他們在另一個地方，另一個形體
偶爾被我的記憶吸引，向我傳遞訊息
從夢裡
——擦身而過，或相對無言，或醒來不復記憶

這宇宙的規律——

我的命運——
還要作很多的夢
從今，直到永遠——

3

我和Z

「極遠處存在著Z」——波赫士《永恆史》序言

中途

在生命的中途，我和那人相遇
我們邊走邊談，越過荒漠，經過另一城鎮
再搭車，繞過幾個市集，幾座山，竟一路走遠了
我們買了日用品，租了一間房舍，歇上了腳
早上買農家菜，下午打零工，晚上早早上床

有那麼一天，我想起 Z 了

我的不告而別，必然使 Z 有一陣子的痛苦
那種痛苦，必然源自我們日日討論的文學、藝術
放置在案頭的經典、墨硯
以及談話的機鋒

我的不告而別，會使他生不如死，還是一如既往
守護著我們所愛的一切
我想起 Z 來了，我的眼淚奔湧而出

這一日，我再度上路，我心裡清楚，我找不到 Z 了
只是我想告訴他——

三十年

我和 Z 有三十年不見

我搬離那裡
他搬離另一個那裡
完全不知彼此身在何處

我們之不見是刻意的
我們失去了彼此的座標
日子也過得下去

我們到底還是見到了
在不太擁擠的列車上
我不知怎的把脫落的褲子吃力穿上

他突然出現，也不怎麼吃驚
我也不怎麼吃驚

我和另一個人
走在彎曲的巷弄
看到他再度出現在彎曲巷弄的
更彎曲處

暗暗的一間屋子
他站在門口
似乎在說這是我的家

我只是一瞥
沒有停下腳步

沒有驚動我身邊的良伴
沒有驚動任何人

他知道
我知道了

三十年過後
我開始了
這樣的夢

仙人掌

我是那個親吻你的人
我是那個（主動，用心）

親吻你黑色的

故鄉和棕色腳掌
的仙人

我的胸腔藏著地圖冊頁
水分，養料。快樂時
也會開花

在往沙漠的田野上
我微笑，輕聲說話
談及文學，信仰和愛

而我的刺（——布滿十字型的肉體）
正在變得柔軟——我不是人間的

弄臣——我在召喚
那個親吻我的人

注：我遺忘此詩，久矣！

二〇一五年二月，席慕蓉老師寄來一張自製卡片，上面寫道：「許久以前留下的剪報」，並黏貼了這首詩。她的字率真有勁，增添了這首詩的閱讀氛圍。我忽而憶起許久許久以前，這首詩發表在〈聯合報副刊〉，竟未曾收入我的詩集。乃以直覺嵌入此組詩中，有一種江湖重逢的悵然與喜悅。

文明

不知是否有這樣的天體
你的軌道安放了我的

我的軌道安放了你的
恆星——

我們這樣運轉
彼此照耀
在壞天氣裡仍然
看到對方的光
異象顯現時仍然
不致驚怕

我們歷經如許磨難
從創世紀到啟示錄
從維摩詰經到心經

在尼尼微，帝國的圖書館
你刻印著泥版
大洪水，方舟，伊甸園

而我這裡，回應你的是
女媧、鯀、禹
甲骨文，青銅器，編鐘

我們都各自紋了身
各自把星球，裝扮得華麗輝煌

但我們還是認出了彼此
各自發展的文明

那些情感與理性——
不同的成分——

一半

到了我這個年紀，我
已經有一半，變成西方

而我知道，會有一個人，在西方——
已經有一半，變成東方

從房間望出去，那條小路
枝葉覆蓋，茸芽葳蕤

我們走在一起，談論

地球的歷史——
最深的記憶，落在那些作品
——把我們推向，冒險的旅程

我們變裝完畢，即將
飛升，進入其他星系
璀燦，閃爍，我們只是
兩道光影

正在前往恆星的路上——

那顆星球

Z，我們的相識，乃在雅典學園建立之前
黑暗中的茴香枝，燃著火光

（——那時火才剛剛發明）

基於對某一星體的好奇
在夜半的涼風中
我們看到彼此的影子

我們想了解
那更早的人類故鄉
以及，是情感驅動理性
還是理性驅動情感

但我們說出口的只是：
「那顆星球，緩緩移動——」

——甚至一座山的高度

一道塵土的逃逸之所
都是我們想知道的

當我們談及（——在地上）如何
建立美好的國度
我們低頭注視，弱小的茴香枝
似乎有些激動地爆出火花

那使我們的談話，一度中斷

詰問

Z啊，我們都明白
我們的強大，不是
來自人民、土地

而是來自虛空——

那些樓閣、懸圃
那些長夜血書，那些縫在衣衫裡的詩句

那些占卜——海洋的深度或
宇宙的遼敻

在尼尼微，找到那個最博學的祭司
問他：地球的生與死
幾次的最初與最後

我們一起愛上，這種詰問

神話

我時常在複習這樣的情景：
我一個人行走，在世上
天地初開

我是世上第一人
無所恐懼，無所需求

然後，我遇到你
開始長出五官
眼耳鼻舌，我的身體分裂
眾多親友，不知從何處
跑來。我被架走。有時拋向空中

有時在地上蜷曲

那時，我會看到另一個你
變成另一個人，你的身體矯健
用手撐開天地，並且問我
記得天地初開嗎

真的，我真的很喜歡那個時刻
並且知道，那不是神話

語言

Dear Z，多久了，我還是
說不來我愛你
親愛的則練習了很久

在流亡途中
語言，敏感得令人心痛

有些字，像不友善的路人
手持傘柄，隨時刺向要害

他們怎能這樣
毫不在意字的豐富內涵
以及它負面的陰影

匆忙走過，我戒備的身體
又無事般，預防著晴天或雨天
哼著歌——顯然從一幸福安定的地方
走去或返回

他們怎能這樣
在平常的街道，熙熙攘攘
成為群體

用那幾個濫熟的字
就可以，過出好日子

夢與醒來

Z，在夢裡我有四個櫃子
打開，都不是我的

其中有一個櫃子
種了一缸植物

我想破壞它們
把它們偷偷移植
到荒野

——外面就是荒野
我的內心迅速盤算一些
沒有人看到的地方
但不成功

這是兩個別人的家
我在和另一個別人
有一搭沒一搭地說話

我想告訴他

所有事情的經過
例如我和他們的愛恨情仇
但沒有成功

——有人一直在場
阻撓了我的計畫

我的內心充滿悲憤
直到醒來
我的內心充滿悲憤
我不知道他們是誰

背叛

除了死亡

沒有什麼能讓我們分離

如果背叛呢
如果一次背叛呢

如果一次背叛
我必不和你分離

如果兩次呢
如果兩次背叛呢
——我必不和你分離

如果三次四次呢
如果五次六次呢

如果三次四次
五次六次
（——那背叛並非死亡）
我必不和你分離

如果七次八次九次十次呢
親愛的 Z，我時常在設想
此一神聖的對話

以致，時常——我的眼中
充滿了艱難的淚水

裂痕

我們一起塑造的這個花瓶

出現了一個細小的裂痕

來訪的客人
在玄關脫鞋時
就會說，這個花瓶，可惜了

進入室內，坐在藤椅上
他們就開始，說起我們的少年時代
滋潤地喝起茶

好像，所有的少年是沒有裂痕的
經得住這樣談笑，這樣一再建造

我們把花瓶，重新打扮
拿一些較長的花枝，把它遮掩

或是用清淡的花色
與它犄角相對

大概是你，說起：
「記得當年，我們遇到這花瓶的時候——」

不要再提了，我在心裡回答：
我只想再插上花枝
每天換上新鮮的
或是去市場買來
或是從我們的小花園擷取
只能這樣了

對面

在流亡中
她常敏感於無知孩童的吵鬧
隔壁老人的咳嗽，日與夜
不停提醒，一種追捕
靠近，又逸離
時時牽動她黑夜的脊椎

她二度逃亡，到另一條街
另一棟大樓，在最高樓
時時凝視
她在另一邊的生活

她看到，那個在各種噪音

和障礙中出賽的女子

她看到，在巷弄中，城鎮中
她圍著什麼在繞圈圈

她的運動激烈——
雙人舞，跳水，攀岩，摩天輪

她表演流淚，詈罵，絕望，捶打
她表演魔術，身體被打開，又闔上

找到靈魂
——死亡也曾經亮相
華麗現身

她收過禮物，溫柔的時刻
也曾降臨
但流亡的宿命——
總是有一個家庭一個組織一個國家
站在她的對面

在流亡中，她想：我可以遊戲
在這個頂樓，和那個頂樓
之間，我可以
架一條鋼索

頂樓

只要一登上頂樓
就看到過往，在巷弄間穿梭

看到危險，看到悲傷
我想阻止

但沒有。我連回憶
都是畏怯的

我看到巨獸，將她吞沒，不久
她又出現，在另一條街

我沒有阻止——是她
使我繼續前進

——是她，使我站在頂樓
指指點點，那些變化萬端

的路徑

兩盞燈

我總是能看見，你身上的兩盞燈
我總是能看見，它們的光華，萎落
甚至熄滅

你黯黯地，走過我的身旁
我總是能知道過去
這十年，二十年，你的生活，如何
把燈熄滅

我們輕輕說著話
有時話語像套用某些儀式

彼此心裡都在想：過去就好
過去就好

藉著殘存的一些光
我們能看到彼此
被微笑，提高的語調，曲曲折折
映射過來

但某些休止瞬間，洩露了
我們的憂傷，當我們互相看進
那個熄滅的地方

——黑黝黝
一片打過仗的廢墟

彼此心裡都在想：知道就好，知道就好

橄欖樹

在流亡途中……
Z，你是我留下來的一個理由
我的肩膀劇烈酸痛
在夜裡
——那該是在夢中
我扛著超過負荷的重量
——扭曲的事實，追奔的犬牙
把七天的旅程，走成了七年

Z，你種的橄欖樹
已是一片莊園了
邀請我的那一天
你的童僕列迎，三徑蔥綠
我藏身的地方，是你莊園最深的
一處清涼地
——我將在此歇息
三天，或三年，三十年
全看這樹
是否被永恆覆蓋

歲月

Z，我認出了小腿的傷疤
我認出了那一張睡床
我認出了父親的果園

我射殺了所有強敵
但是，還是有一個逃跑了
強大地帶走所有的夥伴
——那些死而復生，又向我無情
進攻的歲月

我身邊布置的，和平的機關
都向我說明，遺忘的好處

豐富，還是空無
往前，還是向後

這一段迴廊，中國式迴廊
我將在此盤桓一會兒

不是疲憊，而是暫停
並且用思索，代替休息——

逐出

為什麼這樣，對待我
四面臉的基路伯
火焰轉動的劍

——我是不會再回去了

我會死而再死
死亡，是你不明白的滋味

在死亡途中
我隨時重生

如何活過來，也是你不明白的
——我只為自己作答

你說過，不再發怒
不再以洪水毀滅我

你，狠心的——

要用自我毀滅的方式
結束我

在途中，我不停止勸戒另一個我
但是，複製的基路伯
複製的火焰轉動的劍
複製的神的憤怒
出現了

我不能控制的，另一個我
複製了神的國
連神的複製，也完成了

我被逐出，又再度
被逐出——

我是不會再回去了

不理

Z，我不理你了
而你是早已不理我了

我從東邊出來，你在東邊設了路障
我從西邊出來，你在西邊下了埋伏

我誇大了一些鄉愁
曾經收集一萬隻惡蟲
啃嚙我的心

把白天變成黑夜
黑夜則變得更黑

Z，我穿著過去的制服
在眾人中偽裝富有

回到住處，我把經典
一本一本點燃

有時，也燒到自己的髮
自己的眉，他們說
我更美麗了

只是他們警告
——失去你，我就失去全世界

他們都這樣說
那，失去我呢

怎麼說呢，我是一個凡人
不小心看到，你的偉岸
看到你，握緊你高高的權杖

就因這樣，我要失去你了
我的世界將只是我的

注：前兩句化用張愛玲給胡蘭成的信：
「我已經不喜歡你了，你是早已不喜歡我了的」

捉迷藏

我變成
那個旁觀者

——他覺得這個人很有趣

我披一件寒帶的披肩
他問為什麼
且來摸摸我動盪的衣角

我用便當盒燙著苦瓜與菜葉
他問為什麼
且來看看我寒酸的菜色

我心裡裝著兩兄弟的故事
但我不打算述說

我看著花園簇簇的花朵
因淋過雨而閃閃發亮
那些水珠正逐漸消弭
變成旁觀者的好心情

我不打算述說
我的流亡情節
關於我的王族，王城
的崩落，以及王國的流散

我為自己保留了
一些強大的孤獨
且將和孤獨捉迷藏

凌遲

是誰發明了這些動作
布告，儀式，規矩，順序
——是我們，這些庸常之眾
一起設計了平庸者的舞台
國家，組織，圈圈
對平庸，我們一向有好感
總是在鞠躬，讓路

展示親和力

不識相的人，不能忍的人
就倉皇出逃，我們預知
他將在中途被困，被殺
或淪為平庸

——一定要這樣，他才不會
被孤獨凌遲

凌遲，據稱是所有刑罰
最可怖的一種

據稱，那種哀嚎
已經贏過了死亡

也有人不哀嚎，據稱
他什麼也不想贏
包括死亡

老年

就在快迷路的時候
轉過去，向右再轉一點點
一個奇異的小花園
躲在那裡

要到非常疲乏——
忽忽然，到了老年
才會發現

並懂得了它的美

這時，你看到了那麼多的
特別多的——童年
藏在花架下
把你引來了

油燈，柴火灶，神明桌
野台戲，蚊子電影院
五十年代的街廓

你住在第三條巷子
第二棟有庭院的日式房屋
一個小女孩與你相遇

穿著米白連身裙
領口繫著蝴蝶結
準備好上學的笑容

她的笑容，在你臉上變成淚珠
她牽上你的手——
你走進去，就不想出來

但是——
老年過去總還有些什麼
什麼其他的景致

這樣想著，突然生出一股力量
腳就被推動了

淚珠紛紛，就讓它淚珠紛紛

淚珠

我叫住那個奔跑的小孩
想問問他童年

它亮閃閃的眼睛
朝我一瞥，繼續往前

一隻青年的兀鷹
等在大路口

我想警告他
但來不及了，我從夢中

醒來，已是中年了

浴室鏡子裡，一個老人
走過來，對我說
我認得你

我把淚珠整理，分類，收藏
他說，你沒有抽屜
為什麼要消費這麼奢侈的東西

我想我不尊敬他了——
他硬塞給我的日曆
怎麼，和我的不一樣

聲音

那個房子，有一個罅隙
我從那裡流亡
有一個爸爸媽媽，兄弟姊妹
我從那裡流亡
我從倫理、成功的課堂
流亡
我從四十晝夜的雨天
流亡
有一種聲音，叫你起床

不定時的，如病來襲

你想用真嗓子唱歌
他卻要花腔

他沿街灑香水
把遊民抓去洗澡
聽經、餵食

我只是偽裝，成路人
路過此地，只是記錄
並改寫一些路上的故事

我了解，每個人的劇本不同
你要決定自己

流亡的聲音

踉蹌

在夢中
你一下變成女性的 Z
一下變成男性的 Z

你來到
我隱遁的城市

我指給你看兩座新蓋
而仍落後的大樓

我們並肩走在曲折的巷弄

另一個人如影隨形
走在我的右側

我低聲用另一種語言
——我們走快點
那人也跟著走快

——走慢點
那人也跟著走慢

我們都驚恐了
不知如何是好

因不知如何是好
我們都踉蹌，從夢中醒來

不，只有我醒來——
不，我想我是被趕出來了

你仍留在夢中
所有的，都留在夢中

黃昏

在流亡的後期
我竟爾忘記生命的苦澀

一個人生活
洗滌蔬果，摘除壞葉子
我竟爾專注於食物的味道

打電話來的，有的是朋友
有的不是

我知道他們都是他者
在我的畫布上
是一筆多出來的色彩

是的他們走進來
在我的椅子坐下

也許我會畫他們
也許不會——

我的畫室，光影變幻，色相紛呈

然而，最美的黃昏
什麼也比不過
於是，我出外散步

我想，我是因為黃昏
而活著——繼續
一種拼字的遊戲練習

人的部首與物的部首
這樣的模件組構
有時，也會引動我的淒楚

於是，天空把光影愈打愈淡
讓我複習了一些舊日子

我喜歡

我喜歡看你安坐在那位置
喝著午茶，批改作業

而我大鬧天宮，手提金箍棒
忙乎著，把一切搗毀

我喜歡看你帶領家人
室內用餐，郊外出遊
依著幸福的軌道前進

而我橫衝直撞，超車，飆速
結果了惡龍，和人獸搏鬥

我喜歡看你建高樓，起朱閣
蕙風和暢，時雨降臨
好風景在你的描畫裡

而我用情色作底
欲海作邊框
粗筆狂草，顛倒黑白
把填不滿的畫紙當遊戲

多年後——那得要，快過完一生
那麼多年之後
不小心，我們相遇

我喜歡
你忽然問我

你怎麼是一個人
可能——我也會忽然問你
你怎麼也是一個人
我喜歡
那最終的相遇

深處

我漸漸走到深處
身影——
被時光吞沒
又在前面、後面冒出來

我是一個人
卻又不是

一些人擋在那裡
卻並沒有

我繞彎路，遠路，歧路
但方向確定

群山起伏，薄霧一波又一波
黃昏，我還在行走
走得緩慢，但沒有停下

你在叉路口等著

又一個叉路口等著
我前來相認

速度、顏色、品種
把我們推開
又聚攏

一點也不驚訝
必須要是
全然是自己的時候
我才會看到你

4

看畫
——歌川廣重《東海道五十三次》

1.〈第十一次〉清晨

每個細節，都在
一寸一寸堆疊或打散
你的青春時光

鑽進身體縫隙的涼風
駐紮在心尖上的怒火

有的是近景，鮮明的顏色，例如
滅亡或前進，堅定地——
向旅途舉步

遠景。通常是模糊朦朧的灰色
飽蘸淚水，把餘下的墨
用完

正因這樣的漫漶，使得旅途顯得
無所依歸

2.〈第十九次〉渡河

所有的人，都在旅途中
首先要渡河

騾馬馱著重物，有的時候
是輜重，有的時候
是美女，尤其是打扮妖嬈的那些
她們值得，以金錢衡量

有的時候，是人力取代騾馬
他們脫下衣物，裸身
露出肩頸，或歪斜的頭
嘴巴吆喝，手不停歇
表情眾多，姿態各有不同

那種生動——
像被生活碾過
又彈跳起來

而盛妝的女人和輜重
只有一個表情
就是渡河

3.〈第十六次〉船

如何召喚那船。我們
在斷崖，它在遠方
像不知道這世上有人
在尋找友伴
兩棵松樹，好客地展開手臂
它們喚過多少次——

風，雨水，太陽，山
大家也曾一起努力，喚過
那船

一隻，兩隻，三隻，四隻
船。每隻命運都相同

都直立在海上
方向明確，像不曾經歷過
驚濤駭浪

其實，它在向前行駛——
安靜得像沒有行動

——不會吐露，旅途的艱難
也不理會偶興的召喚

4.〈第三十三次〉三盲女

我們被教導旅途的艱難
三個人，手搭著肩，他們說我們是三盲女

但我們看得見
三弦琴的琴弦顫抖，因著旅途的新鮮滋味
——樹葉的香，土地的寥遠

雄壯的琴音，讓弱者開懷
瘖弱的琴音，讓邪惡更強大
但那是他們的命運

我們是旁觀者
看得見旅途
在三個弦中轉彎，共振，互相聲援的
這種曲折

我們不好宣揚
是誰
安排我們
出現在這旅途最曲折處
像是被派遣來做困難作業的使者

5.〈第四十四次〉石藥師寺

這個十九世紀的鄉村，有一種腐爛前的香甜

時當一八三二年，一個尋常的初冬日子
林木的枝葉，細細遮蓋了茅草的屋頂
屋子裡，必然有女人在忙碌
必然有孩童，被拘謹地教養

光線安靜，越過三座山脈
把松樹的濃蔭變黑
——黑，似乎是即將來臨的任務

田裡的農人堆好稻垜，趕在日落之前除草
小路上兩個人扛著行李，就要追上叉路口的那匹馬

馬上的旅人和兩個僕役，停在石藥師寺門前
心事重重，彷彿並未求得療癒的處方，準備左轉

進入前方蜿蜒的參宮道
他們將要看到黑暗如何，慢慢降落，馬蹄如何
輕輕觸及之後，又不斷落下

急於趕路的，並非黑暗——
其實我已明白
參拜神宮之後，他們將又攜帶信心，趕往
二十世紀

在黑暗運來戰場、工廠之前
我的畫筆覺察到了，並且
挽留住，這個十九世紀的鄉村

我這樣對付——

把草垛的香，留住這裡——

6.〈第三十四次〉橋上的人們

二十一世紀，整修中——
優雅，莊嚴，將被消除殆盡

他——這個工頭
從天庭下到人間
他在擘劃——

要把木橋變為高速公路
變為摩天大樓，購物中心
土丘變為兵工廠

今天，他眺望——不，是追悼
橋上的人們
正在進行的承平歲月

其中一人，是取經返程的唐僧
——這位師父，準備回到二十世紀
寧靜的小城，草萊深處的家屋

天晴時，他曝曬經典
他豢養白馬，設想有一天
把京都的圖書館充實

——這座木橋，即將消失
他看到那罅縫，正在鬆開

他的唐僧師父，有一腳就快要
陷入那空洞

還好，只是鞋底的灰塵
掉落在即將行過的船篷上
而無人察覺

——那凡塵，在時代中紛紛揚揚

只是，他知道
他的唐僧師父
活不過今天了——

7.〈第十四次〉灰燼

被時光燒成了灰燼的富士山
像一座紅色的海市蜃樓

我要前往——

我攜帶了僕役、旅馬、我的女性家人
我約莫七歲，終於，開始了青春消逝的旅途
我的僕役年老，我的女性家人，一個是母親
一個是母親的母親。因旅途的疲憊，她們
打起盹來——放任了我的孤獨
我的馬跟隨前方——我另一些僕役的引導

左轉、右轉，再次左轉、右轉，不知凡幾的
左轉、右轉，我們才會抵達目的地

到底要燃燒幾次——我向左傾斜的臉龐，一直
有個疑問——
到底要燃燒幾次，我才會懂得
那座紅色的海市蜃樓

且懂得
一座大山的旅途恰是
青春消逝的旅途

8.〈第三十次〉致歌川廣重

五座山系，八座山峰，平沙，木橋

這是他經過的旅途
小舟一條——兩個篷頂，一個好人
從遠處駛來，即將穿過
前面的雜樹林——三棵老樹，枝椏
槎枒，另外五棵小樹，穿插兩旁
旅途迢遠。
這一岸，岩石遍布。有胸脯、手臂
無數肉體橫陳，準備有所作為
但樹葉，尚未誕生
他路過此地，快速寫生。他說
我要讓樹發芽，讓好人返鄉，讓胸脯

遠大，讓水勢一瀉千里
在我小小的硯池

後記

1

浮世繪是我的另一次元。

歌川廣重是另一次元。

東海道五十三次是另一次元。

我愛廣重多過葛飾。遇相同愛好者，引為知己，如魯迅。

西人愛葛飾，此東西情調之不同。

葛飾用特寫，廣重用長鏡頭。

單說「情調」，東海道五十三次，常放案頭，隨意翻閱。

用長鏡頭凝望。（——是否特寫，則可自行調派）

每每被畫中情物牽動。庶民趣味，一入畫中，就洋溢生命活力。

下層修辭在十八、九世紀，被一隻高雅的筆釋放出來。
今後代可以追溯前代，追溯粗鄙——其實也談不上粗鄙的庶民生活。
「浮世繪」，單單這三個字，就是最好的發明。
我也發明了自己的浮世趣味。
從東海道，到東海岸。五十三次，到五十三篇。
我追溯這一段路，一路帶著長鏡頭。
很長，是生命中一段長長的時光。
我的另一次元。

2

五十三篇，不是數字，是專有名詞。（——這本書並非五十三篇——）
我的好友——活在十九世紀的歌川廣重，借給我用。
他把《東海道五十三次》慷慨地借我一覽，「道」換成「岸」，「次」換成「篇」——活字印刷，隨時抽換，我們同享方塊字的美妙。
我在此感謝他的慷慨，並給予我的靈感。

所有藝術——當然，擴及所有人文、科技，都是偉大的贈予。

3

我生活在海浪上。在浪尖，在浪裡。
我在東邊躺臥，浮槎去來。
我細數銀河、黃昏、黎明，在哀樂中。
我細數離別、情愛、夢想，在哀樂中。
哀樂，在小船上。
我只是靜靜躺著，就有晴天麗日，就有漩渦來到，就有風雨作出。
渾然不覺，它是移動的。
我製作，我拋棄。這座大海，這樣形成。
沒有彼岸。
彼岸，是一個充滿想像的說辭。
我在此告白。
寫詩就是我的太陽神殿，我的阿基里斯盾牌。

我的三星堆，我的阿萊夫。
世界在其中。
我創造。我生活。

4

關於詩題，到底是用《東海岸五十三篇》，還是用《女兒》——這個在最後一刻誕生的題目。
我琢磨了許久。
母親離世六年多，這本書既是獻給她，就用《女兒》吧。
我對母親，總有深深的戀慕與愧悔。
羅蘭・巴特《哀痛日記》，每看一回，就感傷一回。
淚成為日常。

——母親死了，自己就成為了自己的母親。
並且知道你也會死。

死亡的遞嬗，不曾變過。

而我，永遠是一個在尋找母親的女兒。

5

前面三則因《東海岸五十三篇》而早早寫成的〈後記〉，亦仍保留。

保留我對這個題目的深情。

說到底，人世就是一個深情，還有什麼呢。

附錄

身體這麼強悍在海上漂流
——讀零雨〈女兒〉

李蘋芬

1

作為詩系（poetic sequence）的〈女兒〉是十面鏡子，各自獨立，零雨透過她所熟悉的「回返遠古的方式」，[1]讓鏡子從不同角度互相照映，涵攝出無限映射的深邃圖景，鏡中之影又包納了影中之鏡，環環相連。身在其中的讀者，不會因此暈眩而失其所向，這是由於零雨的詩往往將劇烈的情熱轉化為一種寡淡，甚

1 當我們讀到〈遠古〉的如下詩行，便能理解零雨如何以語言為多重之鏡，藉以回返一種原初的、遠古的人類文明情境：「在回家的路上／鏡子排列兩旁／／它們是光，藍色／如我喜愛的傾斜屋宇／以遠古的瓦片覆蓋／以大澤的茅草／髹上一重重露水」，見零雨：《木冬詠歌集》（作者自印，一九九九年十二月），頁二十七。

至批判、抗議與辯駁，都是極度自持的。

與長詩或個別成篇的短詩相比，詩系更適於容納數個片段的有機組成，如詩中的「女兒」們，在不同的時空地域，生長出自己的面孔，擁有獨自體會的悲喜憂歡，卻漂流在同一片大海，身上共同承受結構所帶來的斲傷。詩人放眼百年，揭示出女性生命史一路的紛擾：「從二十世紀走到二十一世紀／一條戰爭的路」，時至這首詩初次發表的二〇二〇年，女兒們的拚搏迎來理想世界了嗎？或許已然臨現，也或許表象底下仍有暗流，於是我們看見〈女兒R〉如此結尾：「所有都完成了如此而已」。

「所有」、「完成」、「如此而已」，曾經有許多名字、許多生命在那裡拗折了自身，詩的語言如何能收束得那樣清淺？一切是舟行水而無痕嗎？回望前跡，詩人手中最暴烈的指陳，原來在詩中已用物象羅列的方式，迫使人們直面：

這個廚房鍋鏟
這個書架書桌
這個自己的房間

火藥庫兵工廠

珍奧斯汀（Jane Austen）曾伏在客廳的一角寫下《傲慢與偏見》，後來，自己的房間在吳爾芙（Virginia Woolf）手中成了女性成就自我的象徵。詩人在今天仍重複言說著「自己的房間」，隱然指出一道新的叩問：女兒們擁有了自己的房間，然後呢？

然後我們必須逆著讀，〈女兒R〉如此開篇：「這裡就是我的安身立命之所了／為什麼還不覺悟」，從不安於室的有形限制，到不安於世的精神逃逸想望，女兒們的陰暗憂愁更比過往了，生命是海水一般的苦鹹。女兒們擁有了自己的房間，卻不能忘懷彼時此時，世上有的女兒尚未擁有——它甚至在不同場合裡換上其他的面目，權力，話語、立場，在陌生夜裡獨行的強壯。

詩的意義不在給予解答，而是從同一道問題中輻射出子題，所有的子題，盡數指向更大的命題。在〈女兒〉中，那即是人與他人，性別與社會。女兒們在既成的、「打結的」結構裡尋找出口，例如〈女兒T〉：「我們在男人中行走，彎彎曲曲，磕磕絆絆／他們只留下了這樣的縫隙給我們」。相較於《城的連作》、《消失在地圖上的名字》等早期作品中常見的隱晦情節和跳躍的意象，零雨近期詩中不乏意義顯豁的句子，箇中意涵似乎不費猜疑，這一方面與她對語言的極簡追求有關，更關鍵的卻是知與情的調節。換句話說，當「知」主導了創作意識，並不等同於情的退後與缺乏。在零雨這裡，毋寧將二者鍛鍊成一道銳利的鋒芒，講述人間實情，並富有動態、說話的劇場性。接著看這一首詩：

但他們把我們送到派出所
兩個男人迎出來。他們在理論

我們可以走了嗎
你們被放逐了

那麼再見我們
自由了

顛簸的爭鬥之後，女兒們終因放逐而自由。但詩中再次提醒，她們的自由僅能依憑「被放逐」一途，這被動的放逐出自男人之口，於是每一回再讀「那麼再見我們／自由了」一句，都出現說著「為什麼還不覺悟」的聲音干擾——重圍之後有重圍，城的連作只不過換了一種喻依，它說，更大、更亟須抗辯的是我們身處的世界。

2

當西方醫學採取「先於一切干預、忠實於直接事物的」眼光，擺弄「一整套邏輯鎧甲」的姿態，[2]讓唯物與唯心的對立儼然分判，從此世界被劃分為兩邊：他們與我們、男性與女兒。只有詩中的「海水」演化出多樣意義，是所有疾病的良方，也是海納百川、「足以安置她們的頭顱以及其他」（〈女兒W〉），承載著女兒漂浪一個世紀。

2 米歇爾・傅柯（Michel Foucault）著、劉北成譯：《臨床醫學的誕生》（南京：譯林出版社，二〇〇一年）頁一一八。

現世依舊不安，讓我們接著探勘〈女兒X〉裡人體疾病、醫療器材「被發明」的過程，如何「打敗」了「我在海邊唸誦金剛經／應無所住而生其心」的祕密法門：

一生的疾病還是被發明出來
——糖尿病、高血壓、憂鬱症、呼吸道感染
骨折、褥瘡、肌無力、白內障
醫生搬出所有道具
——鼻胃管、導尿管、氧氣筒、注射筒、插管、氣切
她一次一次被挽救，被打扮成太空戰士
——嘴巴緊閉，一隻眼睛獨自張開

疾病名稱與醫療器物並置，在病理的面前，病體消失，血肉之軀化約為醫學百科中的一條條索引，人們發明了一種顯微的實證的目光，捨棄了一種古老的

緩慢的節奏。疾病名稱形同物件擺設，逼近排山倒海之勢讓人感到困乏——對所有生命共同面臨的終局感到困乏。詩人不避物象的鋪陳，因為唯有如此才能反映真實——肉身苦痛。醫療系統維持器官不衰，將人打造為「太空戰士」，原來真正的戰場，不過是「在那個設備新穎的醫院／床上你建立了一個／自己的房間」（〈女兒 M〉），然而，詩人無非想繼續追問的是，那麼心呢？

關於心與體的宏大命題，《我正前往你》時期的零雨就已經試圖探詢：

心是實體
還是空體

我打嗝
心就出現

用刀切片

好嫩
卻不能吞下[3]

有與無的辯證，實與空的拷問，尚未獲得圓滿的解釋，延續到〈女兒〉，她呼喚了神的進駐，但是祂「總是沒有來」（〈女兒S〉）。仍然逆著讀，以果尋因，詩的前一節如此昭示：「因為這個不放心／對人世的不放心／／你呼喚的神總是沒有來／他們說就在你的心裡」。

如果神是那個勞我以生、息我以死的力量，在詩的國度，詩人撰造創世神話，「因為既真又虛幻／所以祂不會出現」。置身微觀宇宙中，創作者是唯一的主宰嗎？詩人又說，不是的，所有微觀都來自宏觀的前提之下，所有人間困惑皆被無限上溯，我們終於找到一面冷靜切分出旁觀視界的，容納真實與虛構的鏡子。

在那裡，身為「女兒」的「我們」，在海上漂流而不死，成為溺而不返的女兒，銜木石以堙海。

我寫作有滿大的部分是為了追憶，追憶無疑是徒勞的。正因為徒勞，重構才成為可能，並能賦予意義。而有人的情感，才會讓地方發出光芒。有真正在乎的人，才有故鄉。[4]

這零雨在專訪中所言，追憶的徒勞也意味著寫作的徒勞，但它恰恰成為人「賦予」意義的空隙，使得意義、追憶與情感相互勾連、蘊生。我們看見「故鄉」的理想再次被詩人提出來，其中，宛然藏著一份田園牧歌式的浪漫懷想：情感發生的地方，才是故鄉。

林惠玲曾以「創女紀」的藍圖，標誌出零雨以詩反覆實踐的，回返精神原鄉

3 零雨：〈我正前往你・16〉，《我正前往你》（台北：唐山出版社，二〇一〇年十月），頁二十九。

4 見沈眠：〈詩人計畫・零雨：深情而無窮大的浩瀚系詩人〉，「OPEN BOOK 閱讀誌」：https://www.openbook.org.tw/article/p-62698，二〇二〇年一月七日。瀏覽日期：二〇二一年十月十日。

的路徑。[5]對照〈女兒〉的書寫，[6]實則在「回返原鄉」的意圖之外，更抗辯式的宣稱，我們將建立新的故鄉：「我只能自己建立一個獨自的自己／我只能自己一個人在另一個地方建立一個他鄉」（〈女兒M〉），世界太舊了，出於萬事毀棄，出於百般無奈，這一份建立他鄉的想望，原來建立在「現在」的不安上頭。

零雨是《現在詩》的創始社員之一，曾以一天撕去一頁的日曆形式主編當期詩刊，並以詩入「廣告」，這是對正典化的成冊紙本詩集的挑戰，也可見編輯者零雨的玩心和趣味。《現在詩》成員包括阿翁、零雨、夏宇、曾淑美、鴻鴻，每一期都以圖像、攝影、美術與裝幀設計擴延了詩的表現形式。由此觀察零雨迄今出版的詩集，似有意回歸詩語鍛鍊的原初手藝：文字，手稿，鉛印。這樣的手藝，經常透過將自我切分為二（或者更多）的方法，塑造出帶有劇場氣氛和聲音環景的表演性，以〈女兒F——悼M〉為例：

她會咳嗽，打噴嚏，眼角滲出海水
身子繼續彎曲
像弓箭，再緊繃一些

（身體這麼強悍在海上漂流——）

他們說，這裡是太平洋（——沒有太平）

這裡是黑海（——黑白不分）

這裡是死海（——她總是不死）

經由身體的物化，「她」被海水滲透並繃緊為張弓，強悍無懼與無目的的漂流並置一行，編寫出「女兒」的二十一世紀神話，真正的故事被裝在括號裡面，

---

5 林惠玲：〈體內地誌與原鄉視景：論台灣女詩人吳瑩與零雨空間書寫〉，《挑撥新趨勢——第二屆中國女性書寫國際學術研討會論文集》（台北：台灣學生書局，二〇〇三年），頁三二五—三四二。

6 我認為〈女兒〉中的「女」性，不只指稱狹義的生理女性，也能容納多元的性別與身分指涉。正如零雨的〈捷運（二〇一四）——致W〉所提及，與「我」「坐在一起」的遊行隊伍，是游離在既定社會框架之外的人，並且持續保有抵抗、質疑與對話的姿態，他們都可能是零雨詩中的「女兒」。參見零雨：〈捷運（二〇一四）——致W〉，《膚色的時光》（新北：印刻出版社，二〇一八年三月），頁二三〇—二三三。

像是不斷有旁觀的聲音阻擾：[7]她說，世間從來沒有太平、因為眾人黑白不分，而她總是不死，以拚搏到最遠最深處。

〈女兒F——悼M〉如此收尾：「沒有她喜歡的東西令她醒來」，世界還太舊，詩人已經讓海浪「載著太陽般的女兒」，她身體這麼強悍，可以隨著波浪，「去到更遠——」（〈女兒W〉）。更遠的地方，將有什麼在等候？詩並未給出答案，它布局、呈現、反映，令人們從中看見自身的輪廓，都以為那是旁觀的清醒。

——發表於《兩岸詩》二〇二〇年八月號

（本文作者現為政大中文系博士生，曾獲台北文學獎、詩的蓓蕾獎與亞太華文文學評論獎，著有詩集《初醒如飛行》。）

7 零雨的〈吳爾芙和她的房間〉曾寫過：「我們總是在隔壁／——傾聽，觀察，紀錄／美或其類似物」《關於故鄉的一些計算》（作者自印，二〇〇六年十二月），頁三。我認為此處所謂「旁觀的聲音」，與〈吳爾芙和她的房間〉中「我們」（即女性）所處的「隔壁」位置，能有所呼應，也就是說，正因為處在旁觀的角度，「我們」的傾聽、觀察與紀錄能逃逸於中心話語之外，創造新的他鄉，以成就一種抗辯、挑戰的位置。

我是 A 和 Z，是始和終

——讀〈我和 Z〉

廖偉棠

雖然和零雨認識很久，也曾兩度同遊，可是說起她來總是感覺陌生，一是因為她隱逸的生活，一是因為她廣闊莫測的詩領域。最近一次和她去南京，南京的詩人們和我說，他們覺得零雨是最不像台灣詩人的台灣詩人，我回答「那是因為你們讀太少台灣詩人了」，但心裡卻說：「是的，她甚至是最不像零雨的零雨。」

零雨的詩創作跨度頗大，既是時間跨度，也是美學跨度——細心的讀者幾乎能在她的每一本詩集甚至每一組新詩發現一個新的她，但又有堅韌的潛流維繫這同一個零雨的完美。就說這一組〈我和 Z〉，修辭上的美學追求和她較早期的《特技家族》和《木冬詠歌集》幾乎相反，言語之坦蕩率直，在台灣也的確找不到別的詩人如此「大膽」——因為，我們仍舊去除不了老一輩強力詩人所建立的炫技、迂迴的執念，所以「藝高人膽大」反而體現在這一個零雨的「笨拙」之上。

而拙和直，是因為深情。

〈我和Z〉是一場綿延三十年的對話，我們無從判定、也毋須判定Z是誰，在詩人生命中扮演什麼角色。詩人「我」本身都可以是虛構的，更何況這個對話者？而零雨在題辭上引用了虛構大王波赫士的一句沒頭沒尾的話：「極遠處存在著Z」更可以視為零雨的提示，帶著波赫士式的狡黠——我去波赫士《永恆史》序言裡尋找這句話，發現零雨是「斷章取義」地使用這句話的，至於取的是什麼義？聽我娓娓道來。

假設零雨是與虛擬者對話，倒讓我想起她之前有一篇「有美尾、落羽松的雪夜——獻給AC」（《我正前往你》代序），這裡的詩歌理想也是解讀本詩的關鍵：詩是方寸之地中的祈禱。

零雨與虛擬的日本友人美尾進行關於自己的詩的對話，零雨如此答覆美尾：「詩與居住有關。所謂詩，在你的文字中是言寺。指的是一個具有祭儀價值、宗教精神的空間——所有人類的終極關懷都在其中。此一精神殿宇是以語言建構而成的。反之亦然。但我更喜歡把寺拆開，就成為寸土之言。這個寸土，更抽象地說，是『心』一樣大的方寸之地。」

這個定義與詩人零雨在詩的顯域一再退隱相關，她的詩絕不劍拔弩張，但底氣十足讓人不敢輕視，可以見得那方寸之地裡面有縱橫乾坤之力在潛伏。〈我和Z〉亦如是，詩一開始就是「在生命的中途」：跟但丁《神曲》開首第一句一樣，接下來全詩也像是建立一個《神曲》的小型模型，《神曲》渴望隔代知音維吉爾和夭折愛人貝雅德麗采的引領，而〈我和Z〉裡的Z綜合了兩者——不，三者，假如我們考慮到Z和「我」之間的鏡像結構的話。

《神曲》是一個上升的過程，〈我和Z〉則有下降回此時此地的誠懇。「我」的尋Z記——也是尋我記——起源自一個夢的驚覺。這讓我想到另一段偉大愛情的詩化記載：南宋詞人姜夔的合肥情事，尤其是其終章。寧宗慶元三年（一一九七）元宵節，姜夔想念、然後夢見他七年不見的舊情人，連作五首〈鷓鴣天〉抒懷。其中自注「元夕有所夢」的一首如此：「肥水東流無盡期，當初不合種相思。夢中未比丹青見，暗裡忽驚山鳥啼。春未綠，鬢先絲，人間別久不成悲。誰教歲歲紅蓮夜，兩處沉吟各自知。」

零雨的故事裡，「我和Z有三十年不見」，夢中見也是並不如丹青妙曼，反而「我沒有驚動我的良伴」提示了「當初不合種相思」之後的分離。至於「歲歲紅蓮」、「兩處沉吟」則由詩人零雨獨立完成，接下來的回憶段落才煥生華彩。從一個無稽的夢突然開始創世紀式的倒敘，說來也和《神曲》結尾的「愛推動日月星辰」之氣魄相稱。

在「那顆星球」上的「詰問」迴腸盪氣，似乎我和Z曾經是天仙一般的兩人，永結無情遊、上窮碧落下黃泉。但隱隱中，我卻想起零雨舊作〈有果實的客廳〉裡的李清照與趙明誠——到底「拿出春天的新釀，飲盡／這一杯，就分不清你的詩／還是我的詩」和「但我善於夢囈，在夢中／我走得很遠，遠到看不見你／你也看不見我」那一個才是愛情的真相？

但是Z，這個命名，我們可以在波赫士的原文中找到暗示，他是說「B預料或揣測到極遠處存在著Z，而B並不認識Z」——零雨的確斷章了，她取的義，是B與Z的距離，李清照是意識到她和趙明誠的這一距離而成其為李清照的，「我」亦如此。

「我」沒有忘記她詩人的身分。對我來說，「語言」一章裡，詩人對日常者使用語言的驚異「他們怎能這樣／毫不在意字的豐富內涵／以及它負面的陰影……他們怎能這樣／在平常的街道，熙熙攘攘／成為群體／／用那幾個濫熟的字／就可以，過出好日子」才真正叫我驚異，大眾需要和詩人努力之間的錯位，衍生出語言在當下的歷史裡的真實存在，也許詩人不滿足於此，但詩人已經暗施魔法去改變。

就像再次穿插出現的夢，「我」對過去欲辨已忘言——欲辯也妄言，那些計算是注定沒有答案的，正如「裂痕」一章提示的：少年真的是沒有裂痕的嗎？果真有「璧人」乎？

零雨一再寫道「另一個」：「另一個那裡」、「另一個別人」、「另一邊的生活」，她要如何摒棄修辭、隱喻和抒情，走進另一平行世界裡，重新連結已分裂的語言、分裂的緣份？從「頂樓」一章可以看出零雨對分裂的清醒認知：我分為她和我「——是她，使我站在頂樓／指指點點，那些變化萬端／的路徑」——她再分，分為被作為典故使用的張愛玲、由橄欖樹指涉的三毛、甚至「父親的果園」讓我想到香港小說家吳煦斌……對於讀者，這是自由的，她們都可以參與「另一個零雨」的變與融合。

作為表面愛情故事的潛台詞的「永恆」，終於出現在橄欖樹一章的末尾「——我將在此歇息／三天，或三年，三十年／／全看這樹／是否被永恆覆蓋」。此處我們再次呼喚波赫士出場，「永恆，它支離破碎的副本就是時間。」波赫士斷言，他引用叔本華為他作證：「獅子的命運和生活需要獅子性，而時間意義上的生命則是通過個體的無限回覆實現長生的獅子，它的繁衍和死亡構成了那個不朽形象的脈搏。而在此之前：一種無限的延續已經先於我產生，我那時又是什麼呢？形而上學地講，我大概可以回答自己：『我就是我；就是說，不管別人怎麼說我那段時間的情況，我都不過是我。』」（摘自《永恆史》）

時間與永恆的辯證是否成立，成為「我」在詩的後半部反思Z的意義、繼而確立「我」的意義的關鍵。多年前，在〈創世排練第一幕〉這詩裡，零雨有過類似的關係思索：

是要重新排練的時候嗎？
我走到巷子另一頭
碰到一個人。並且知道

我再也不會碰到
另一個人
他們是要從我身上誕生
……
我轉過巷子，看到
最初的那人
等在最初的位子
我們歡然相逢
讓他進入我的體內

但當年的選擇遠沒有今天的複雜和幽微，苦苦追問之後，在大痛之處（這苦與痛之直率罕見於當代詩也罕見於零雨）她突然覺悟——當凌遲的哀嚎都被否定：「據稱，那種哀嚎／已經贏過了死亡／／也有人不哀嚎，據稱／他什麼也不想贏／包括死亡」，是為真正的決絕。

隨後「老年」才從容揭開，自己作為謎底的存在，是澄明無蔽的存在——「就在快迷路的時候」，豁然開朗。是處往下直到結尾，一氣呵成，最是動人，值得一唱三歎而不計較猶豫。「淚珠紛紛，就讓它淚珠紛紛」何須顧忌什麼現代詩後現代詩的逃避、酷或者遊戲，詩自有其面對活生生的命運時不得不直抒胸臆的時刻。詩寫至此，詩不詩，零雨不零雨，又何礙哉？

「我想，我是因為黃昏／而活著——繼續／一種拼字的遊戲練習」生命近黃昏，可是夕陽無限好著呢。我欣見「我繞彎路，遠路，歧路／但方向確定／／群山起伏，薄霧一波又一波／黃昏，我還在行走／走得緩慢，但沒有停下」——這裡面是強大的意志、自信，詩人準備好了一個更好的自己去迎接過去的自己，一個更好的 A 去迎接 Z——波赫士說：「還有上帝的名字：我就是我，或神學家約翰在透明海、紅獸和吃船長肉的鳥之前和之後在帕特莫斯聽到的話語：我是 A 和 Z，是始和終。」

（本文引用波赫士文章均出自《博爾赫斯全集／散文卷上》，劉京勝、屠孟超譯，浙江文藝出版社）

——發表於《印刻文學生活誌》二〇二一年七月號

（本文作者為香港詩人、作家，曾獲香港文學雙年獎、香港藝術發展獎等，現居台灣。曾出版詩集《八尺雪意》、《半簿鬼語》、《一切閃耀都不會熄滅》等十餘種。）

文學叢書 673

女兒

作　者　零　雨
總 編 輯　初安民
責任編輯　林家鵬
美術編輯　黃昶憲
校　對　零　雨　林家鵬

發 行 人　張書銘
出　版　INK 印刻文學生活雜誌出版股份有限公司
新北市中和區建一路 249 號 8 樓
電話：02-22281626
傳真：02-22281598
e-mail：ink.book@msa.hinet.net
網　址　舒讀網 http：//www.inksudu.com.tw

法律顧問　巨鼎博達法律事務所
施竣中律師
總 代 理　成陽出版股份有限公司
電話：03-3589000（代表號）
傳真：03-3556521
郵政劃撥　19785090　印刻文學生活雜誌出版股份有限公司
印　刷　海王印刷事業股份有限公司

港澳總經銷　泛華發行代理有限公司
地　址　香港新界將軍澳工業邨駿昌街 7 號 2 樓
電　話　852-27982220
傳　真　852-27965471
網　址　www.gccd.com.hk

出版日期　2022 年　2 月　初版
2024 年　5 月 15 日　初版四刷
ISBN　978-986-387-522-2
定　價　300 元

國家圖書館出版品預行編目資料

女兒／零雨 --初版,
新北市中和區： INK印刻文學, 2022.2
面 ；公分.（文學叢書；673）
ISBN 978-986-387-522-2（平裝）

863.51　110021738